DELIVRANCE DES CHEVALIERS DE LA GLOIRE,
Par le grand Alcandre Gaulois.

BALLET,
Pour l'heureuse Naissance de Monseigneur

LE DAVFIN.

Fait par Monseigneur l'Illustrissime & Reuerendissime FEDERIC SFORCE, *Vicelegat, Gouuerneur general & Sur-Intendant des armes pour Nostre Sainct Pere ez Cité & Legation d'Auignon.*

Dancé dans la grand Salle du Palais, par des principaux Gentil-hommes de ladite Ville.

EN AVIGNON,
De l'Imprimerie de IAQVES BRAMEREAV, Imprimeur de sa Sainctcté, de la Ville & Vniuersité. *Auec permission.*
M. DC. XXXVIII.

SVIECT DV BALLET.

ZIRPHEE ieune Magiciene, celebre sur toutes les riues de l'Occean pour les extraordinaires effets de ses prodigieux enchantemens, ayant appris de ses fidelles Demons qu'Agesilam Paladin François suiui des Cheualiers de la gloire, lassez de cueillir des Palmes & des Lauriers dans leurs terres, estoient resolus d'en depeupler le reste du monde pour y semer des Lys & bastir des nouueaux trophées à leur incomparable valleur, preuoyant que l'Isle fortunee des Palmiers, pour les perfections dont Nature l'a embellie & pour sa situation miraculeuse, pourroit estre le premier objet qui dourroit de l'employ à leur courage & faciliteroit l'execution de leur genereux deßein, bien-tost esclaircie de sa doute par la prompte descente qu'ils font en ceste Isle, auec une diligence incroyable, s'y faict porter dans une nuë & treuuant ces glorieux Heros, qui se delassoient du trauail de la Mer dans une forest de Palmiers, les endort par l'artifice de sa voix miraculeuse. Endormis, auec l'effort de sa baguette elle despoüille dans vn instant les arbres plus verdoyans de leurs fuëilles & les seiche iusques à la racine, bannit le Soleil, change les iours continuellement serains en des nuicts eternelles, conuoque les Demons de l'air & de la terre, pour dreßer vn throsne à l'Hyuer tout couuert de neiges & de glaçons sur le lieu où le plus agreable printemps faiſoit ſon plus ordinaire ſejour, ouure les grottes d'Eole, de Boree & d'Aquilon dans la plus douce temperateure de l'annee, faict naiſtre le plus piquant & rigoureux Hyuer que la nature aye iamais produict, change la Mer voiſine en des glaçons empierrés pour interdire l'abord à toute ſorte de ſecours & ſoit par l'enuie qu'elle porte aux proſperitez de ces Heros infortunez, ou piquée de leurs beautez pour les poſeder plus longuement, les transforme en des plus monſtrueux animaux que la Libie aye iamais formé, leur cõmet la garde de ceſte Iſle deſolée & les rend complices de leur mal-heur & deplorables inſtrumens de leur captiuité.

La Renommee prompte & diligente meſſagere en porte la nouuelle au grand Alcandre Gaulois & l'aſſeure que la fin de ceſte glorieuſe auanture n'eſt promiſe qu'à ſa ſeulle valleur, ceſt inuincible Conquerant touché du d'eſplaiſir extreme de l'abſence de ſes plus fidelles ſeruiteurs, ſe diſpoſe de voller à leur ſecours, mande Opis & Driope (belles N'ayades de la Seine) en embaſſade extraordinaire vers Thetis & Glauque, auec commandement de preparer vn équipage ſortable à ſa grandeur pour fendre les ondes & ſans autre ſuite que des Genies de la Juſtice & de la Clemence (qui ne l'abandonnent iamais) aborde ceſt Empire écumeux, à la riue duquel la Deeſſe de la Force ſur vn Char doré, tiré par deux Lyons, s'offre à l'accompagner en ce perilleux voyage & luy promettant la meſme puiſſance qu'il a eu autresfois ſur ce fier Element luy inſpire ſes plus ſecretes vertus. Cent ieunes Tritons charmez de la Majeſté de ce vainqueur font eſcorte a vn Daufin choiſi par la main du grand Neptun, le plus richement eſcaillé, le plus grand & le plus parfait que la Mer aye iamais nourry. C'eſt par la diligence de ce glorieux Daufin, rauy de l'honneur d'vne ſi pretieuſe charge, que le grand Alcandre doit bien toſt voir ceſte Jſle infortunee (il l'aborde) A la preſence de ceſt Aſtre nouueau les glaçons fondent, il combat les monſtres & les met en fuite, foüle aux pieds les charmes, les enchantemens ſont deffaits,

deffaits. La deplorable Zirphee reduite à ses genoux implore ceste clemence qui n'a iamais esté refusee à ceux qui l'ont demandee & renonce au commerce des Demons & à toute sorte de charmes pour iamais. L'Isle reprend sa premiere verdeur, le Soleil redore la terre auec ses rayons plus esclatans, les fleurs donnent des odeurs toutes rauissantes, les fruicts ont des saueurs toutes extraordinaires & les Paladins remis en leur plus belle forme se font voir à leur Liberateur dans la mesme forest qui les auoit auparauant receus. Zirphee conuie le grand Alcandre à prendre du repos dans vne grotte toute ionchee de Roses & de Lys & croyant de l'arrester, luy donne tous les diuertissemens qu'vn grand Prince peut desirer, mais son ardeur impatiente tousiours ennemie de loisiueté dispose ces Heros au retour. Dans les desplaisirs inconsolables de ce depart Zirphée adore ce glorieux Vainqueur, honore ces Paladins de riches presens, embellit la teste de ce Royal Daufin (par qui elle a receu l'honneur de voir le plus grand de tous les hommes) d'vne pretieuse couronne, le crée Roy de la Mer, entortille son col, sa queüe & ses aislerons d'vne forest de Lys & par vne infaillible prediction asseure le grand Alcandre Gaulois, qu'auec l'assistance de ce genereux Daufin, la conqueste de l'Affrique & de l'Asie, doit estre la moindre de ses victoires.

ORDRE DV BALLET.

SI tost que la grande toile qui couuroit le frontispice du Theatre fut abbatüe on vit aux deux costez d'iceluy vne forest de Palmiers si artistement representée que les yeux des spectateurs en furent surpris & douterent long temps si elle estoit effectiue, la Palestine n'en vit iamais vne si verdoyante & bien qu'elle n'eust que trois toises de longueur, elle paroissoit toutesfois en auoir plus de mille, tant la perspectiue y estoit poinctuellement obseruee. Au fonds dudit Theatre parut vne maison de plaisance assortie de toutes les beautez qui peuuent faire admirer vn grand ouurage, les tours qui l'embellissoient, les fontaines qui l'enuironnoient & les allees de Iasmin qui paroissoient à ses costez, donnoient des rauissemens extraordinaires, le tout esclairé auec vne si grande quantité de lumieres, desquelles on ne voyoit neantmoins que l'effect, qu'il sembloit que ce fust le propre sejour du Soleil: Dans ceste forest parurent douze Paladins François, qui lassez du trauail de la Mer prenoient leurs diuertissemens à voir dancer.

Six Marelots armez de Rames argentees, qui faisant la premiere entree tesmoignoient par la gaillardise de leurs pas autant d'agilité sur terre qu'ils auoient heu d'adreſſe ſur Mer pour conduire ces fameux Heros dans ceſte Iſle, mais dans la plus ardante chaleur de leur dance, apres vne longue tempeſte de tonnerres & d'eſclairs, vne nüe parut au Ciel s'y eſpaiſſe que toute la Scene en fuſt obſcurcie & eux ſaiſis d'effroy, conſtraints de chercher leur aſſeurance dans la foreſt des Palmiers.

Ceſte nüe deſcendant du Ciel & grociſſant peu à peu, couurit tout le fonds du Theatre; comme elle fut à vne toile prez du parterre, elle s'ouurit : Zirphee parut aſſiſe au milieu, tenant vn l'hut à la main, enuironnee d'vne infinité de lumieres qui la faiſoient briller toute en or. Les nuees roülloient continuellement autour d'elle, & par la melodie de ſa voix ayant endormy les Heros, elle deſcẽdit à terre portee ſur vne petite nüe qui ſe deſtacha de la grande. Et dans la ſeconde entree fit voir ſes pas auſſi miraculeux que ſes actions, d'vn coup de baguette la Scene fut changee dans vn inſtant, les arbres ſeichez & tous briſez par vne prompte tempeſte qui s'eſleua, on ne vit que mõtaignes couuertes de glaçons & de neiges & ce ne fut plus qu'vn deſert effroyable à la veuë.

Deux Demons deſcendus de l'air & deux ſortans du centre de la terre, donnans la troiſieſme entree, par le commandement de leur Maiſtreſſe firent paroiſtre au milieu de la Scene le Dieu de l'Hyuer ſur vn throſne de neiges, de glaces & de frimats. Morphee Dieu du ſomeil couché à ſes pieds ronflãt ſur de gerbes des pauots, ſoubs lequel y auoit trois grottes, de l'vne deſquelles ſortit.

Æole Roy des vents qui faiſant la quatrieſme entree auec des agilitez merueilleuſes excita des effroyables tempeſtes.

Boree & Aquilon auſſi animez que leur Roy, dans la cinquieſme entree ſoufflerent auec tant de violence que les Rochers en furent ébranlez.

Apollon descendant de la Montaigne de l'Hyuer, vint donner la sixiesme entree, enuelloppé d'vne nüe qui le couuroit à demy & par ses rayons languissans & la melancholie de ses pas tesmoigna le desplaisir qu'il auoit de quitter par la force des enchantemens ce delicieux sejour.

Morphee s'estant esueillé au son des violons, pour faire la septiesme entree, le someil le pressant continuellement, ne luy donna pas le moyen de la faire longue, il le contraignit aussi-tost de s'aller mettre dans son repos ordinaire.

Deux femmes couuertes depuis la teste iusques aux pieds d'vn crespe noir semé d'estoilles d'argent, qui representoient les longues nuits, ayās fait la huictiesme entree, s'allerent insensiblement coucher pres de Morphee, leur ancien fauory, aux pieds de l'Hyuer.

Le Marquis de Fieslan Ambassadeur des Scites auec ses pas aussi extrauagants que ses habits, fit la neufiesme entree.

Le Palatin de Surdermanie Admiral de la Mer glaciale, fit la dixiesme entree, les rauissemens des spectateurs furent extraordinaires, voyans le capricieux assortiment du personnage.

Le Duc de Kalembert extraordinairement deputé Par les Gellons ayant fait la vnziesme entree, suiuy de ses deux Pages, aussi fantasquement habillez que luy, fut auec les deux autres remercier la belle Zirphee de ce qu'elle auoit retiré l'Hyuer de leurs contrees pour en enrichir ceste Isle.

Zirphee auec ses souplesses accoustumees dans vn contentement n'ompareil de voir ses volontez executees

auec

auec tant de promptitude & si poinctuellement pour tirer plus de satisfaction de son entreprinse, changea tous ces Paladins en des monstres du tout espouuentables, leur assigna à chascun vn lieu pour garder ceste Isle infortunee & empescher par leurs effroyables rencontres l'abord à toute sorte de personnes.

Dans vn instant la Scene s'estant changee, on ne vit plus qu'vne Mer entouree de Rochers, de Ports, de Phares, & de montaignes inaccessibles, la Renommee descendant de la plus eminente, portant deux trompetes en bouche vint annoncer au grand Alcandre Gaulois que le Ciel auoit destiné la desliurance de ces Heros à sa seule valeur & ayant faict par son recit la treziesme entree l'asseura que toute sorte de bon-heur l'accompagneroit en ceste entreprinse.

Tandis que les spectateurs admiroient auec estonnement, l'artificiel adjancement de ceste Mer & qu'ils s'entretenoient à voir quantité de vaisseaux, qui dans l'esloignement paroissoient courir auec vne vitesse incomparable, Opis & Driope (Nayades de la Scene). Dans la quatorziesme entree vindrét porter à Thetis Deesse de la Mer, le commandement d'Alcandre qui estoit de luy preparer vn équipage digne de sa grandeur pour courir sur les Ondes & voler au secours de ses fidelles seruiteurs.

Vne voix melodieuse peu à peu s'approchant le long des Costes de la Mer fit voir que c'estoit la Deesse de la Force, qui preparoit la quinziesme entree. Elle estoit montee sur vn chariot tout d'or enrichy d'vne infinité de Coquilles d'Argent, de Corals & de Bouqueterie, traisné par deux grands Lyons Marins pour seruir d'escorte en ce voyage au glorieux Alcãdre, deux Tritons la suiuoiẽt portans sur leur dos les Genies de la Iustice & de la Clemence, charmans par la delicatesse de leur voix cet inuincible Conquerant, lequel parut bien-tost apres monté sur vn superbe Daufin, qui portant cet aggreable fardeau auec vne tranquilité extraordinaire le rendit en peu de temps au port desiré.

Au bruit d'vn son confus de Trompetes, de Clairons, de Hautbois & de Conques marines, fait par vn nombre infini de Tritons & de Nereides, esclatant auec vne merueilleuse harmonie, la Mer disparut & la Scene fut veuë dans sa premiere froideur.

Alcandre seul armé d'vn bouclier & d'vne espee entra dans l'Isle. Ce fut à ceste seiziesme entree que les Monstres gardiens apres vn opiniastre combat furent défaits, mis en fuite & Zirphee aux genoux de ce Triomphateur adorant sa valeur, fut veüe implorer sa misericorde, renoncer à ses Demons & dans vn instant par la vertu de sa verge enchantee la Scene remise dans sa premiere beauté. Les Paladins en la mesme posture qu'ils auoient esté endormis dans la Forest des Palmiers receurent au milieu d'eux leur Liberateur sur vn lict de Roses & de Lys & auec de nouuelles admirations adorerent sa chere veuë.

Zirphee rauie en des contentemens extremes pour arrester le grand Alcandre plus long temps dans ceste Isle & iouyr de sa chere presence apres vne musique de lHuts, de Thyorbes, & des voix parfaictemēt concertées luy offrit tous les diuertissemens possibles & fit sortir.

Le Dieu de la Chasse & le Dieu de la Pesche qui promirent à ce Prince toute sorte de plaisirs & ayans fait la dixseptiesme entree.

Le Dieu du Ieu & de la Musique ne furent pas moins empressez. Dans leur dixhuictiesme à diuertir cet Heros qu'ils auoient de contentement à l'admirer.

La dixneufiesme entree se fit par vne grande Guenuche (ordinaire recreation du Palais de la belle Zirphee) vestuë en Dame de Village, de laquelle quatre Nains estoient amoureux, leurs pas bouffons, & leurs grimasses reiterées, furent capables de resioüir la plus noire melancholie.

Zirphee pour faire voir à ce Prince glorieux, que si dans ce sejour il desiroit estre serui par des Dames, ou par des Gentil-hommes, elle auoit dequoy le satisfaire. Fit donner la vingtiesme entrée par des Hermafrodites, à leur abord les sages de Grece eussent heu de la peyne à contenir leurs ris.

Et pour luy donner des plus grãdes preuues de sa puissance merueilleuse, apres les entretiens qu'il receut en effet, elle luy en voulut fournir en idee & par ses enchantemens luy fit voir vn des plus aggreables diuertissemẽs que l'imagination puisse conceuoir, ce fust la iouste qui se fait en Auignon sur la belle Riuiere du Rhosne, son Pont incomparable, ceste Roche escarpee qui luy sert de deffence, la multitude des peuples, des Carosses, & des Caualiers, qui assistent à ceste Feste, y furent si heureusement representez, que la verité n'a iamais eu des charmes si rauissans, que la figure en fust esmerueillable.

Enfin apres mille autres diuertissements soit de la veüe soit de l'ouye. Alcandre resolu à son despart suiui de douze Paladins lassez de ceste oisiueté finirent par vn grand Ballet dancé auec vne merueilleuse iustesse & quittans ceste Isle, s'en allerent jouyr du repos qui leur auoit esté acquis par les incomparables labeurs de cet inuincible Monarque.

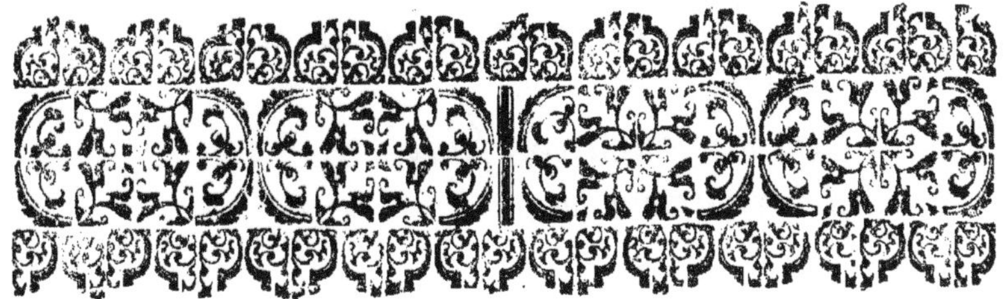

RECIT DES MATELOTS.

ICTORIEVX Nochers apres tant de tempestes
Goustons les fruicts charmans, & les douceurs parfaites,
Du repos gratieux par les Astres donné,
Dans ce lieu fortuné.

Que nos fameux Heros, de victoire, en victoire,
Cherchent tant qu'ils voudront le chemin de la gloire,
Nous cherchons, animez, d'vn souhait plus diuin,
Le sejour du bon vin.

Et tandis qu'eschauffez d'vne guerriere audace
Ils vont offrir leurs bras au grand Dieu de la Thrace,
Nous allons plus humains, presenter nos escus
Aux Autels de Bachus.

RECIT DE ZIRPHEE
INVOQVANT LES DEMONS.

O *Dieux que ce plaisir est doux!*
Les vainqueurs sont à nous,
Et pour animer leurs conquestes,

Je

Ie leur prepare exprez,
Au lieu du verd Laurier qui couronne leurs testes,
Vn funeste Ciprez;
Sus, sus Demons, venez troupe fidelle,
C'est moy qui vous appelle.

Agreable Dieu du sommeil,
En douceurs nompareil,
Esueillez vous à mes prieres,
Semez mille pauots,
Et d'vn somme oublieux accablez les paupieres,
De ces ieunes Heros;
Et vous, Demons, venez troupe fidelle,
C'est moy qui vous apelle.

Courriers aislez, prompts Messagers,
Vous postillons legers,
Du sec & froidureux Boree,
Animez vos poulmons,
Hyuer, glace frimats, tempeste desiree,
Fauorables Demons.
Sus, sus venez, venez troupe fidelle,
Zirphee vous appelle.

LES DEMONS
AVX DAMES.

DEsdaigneux Soleils de la Cour,
Qui fuyans nos mornes visages,
A l'aueugle Dieu de l'amour,
Offrez nuit & iour des hommages.

Apprenez qu'il vous faira voir,
(Par le deplorable sçauoir
D'vne funeste experience)
Que sous vn visage si doux,
Il est bien plus Dieu d'apparence,
Mais qu'il est en effect, bien plus Diable que nous.

LES VENTS AVX DAMES.

VOyans nos pas si desreglez,
Vos yeux par l'amour aueuglez,
Nous condamneront sans deffence,
Mais toutes nos legeretez
Ne sont que des traicts empruntez,
De vostre ordinaire inconstance.

Vous nous fournissez des leçons,
Tous les iours en tant de façons,
Pour bien deuenir infidelles,
Que l'espoir nous seroit osté,
D'imiter vostre agilité,
Sans l'assistance de nos aisles.

APOLLON AVX DAMES.

DAns ce nuage espais, dont le voile m'enserre,
Je ne sçaurois treuuer le chemin de la terre,
Et ne puis plus treuuer (sans l'esclat de vos yeux)
Celuy mesme des Cieux.

Mes cheuaux endormis, ronflent dessous les ondes,
Et disent, aueuglez, dedans ces nuicts profondes,
Que pour luire sur terre & briller dans les Cieux,
Il ne faut que vos yeux.

RECIT DE MORPHEE.

VN sommeil continu me sçait si bien rauir,
Que ie ne donne plus à mes yeux de relache,
Et ne m'esueille point, si ce n'est qu'on me fache,
Ou bien lors que Cloris m'oblige à la seruir.
Ie suis Dieu pour cherir ceux qui me font hommage,
Qui ne m'ayme bien tost espreuue son dommage,
Et comme à mes amis ie verse vne douceur,
(Que le Ciel ne sçauroit la donner plus entiere)
Je mets mon ennemy dans les bras de ma sœur,
Et d'vn somme eternel ie ferme sa paupiere.

LES LONGVES NVICTS.

AVanturiers bien-heureux,
De qui les fortunes calmes,
Font des Myrthes amoureux,
Leurs plus glorieuses palmes:
Venez, soldats de Cypris,
Amour vous donne le prix;
Venez, genereuses ames,
Franches de crainte & d'ennuis,
Pour sacrifier vos flammes
Aux douceurs des longues nuicts.

LES TROIS ADMIRAVX
DE LA MER GLACIALE.

DEs plus gelez climats que l'Vniuers enserre,
Où iamais le Soleil ne regarde la terre,
Qu'auec des esclats palissans;
Nous venons adorer les glorieuses armes,
D'vne main, dont les charmes,
Sont aussi redoutez, comme ils sont rauissans.

Nos terres qui iadis seruoient infortunees,
De funeste ioüet, aux fureurs obstinees,
Des orages plus esclatans,
Regardent auiourd'huy (par l'effort de Zirphee)
L'arrogance estouffee,
De l'Hyuer qui se change en eternel Printemps.

Nos ports sont desormais à l'abry de l'orage,
La terre est sans glaçons & le Ciel sans nuage,
Nous donne sa viue clarté
Eole a terminé sa rigueur infinie,
La tempeste est bannie.
Et le froid pour iamais s'est de nous escarté.

Mais las! que ie preuoy ceste peine inutile,
De vouloir retenir les Heros en ceste Isle,
Dedans les glaces enfermez,
Car les charmans regards de tant de belles Dames,
Atiseront des flammes,
Que les mesmes glaçons en seront allumez.

Zirphee

ZIRPHEE CHANGEANT LES PALADINS EN MONSTRES.

Aux Dames.

MEruueilleux objets que ie voy,
Beautez, que l'Vniuers admire,
Ne tenons nous pas vous & moy
Tout le monde sous nostre empire?
Rien n'eschape à nos belles mains,
Nous sçauons rauir les humains,
Mais auec ceste difference
Que ce que mon bras rauisseur,
Execute par violence,
Vos yeux le font par la douceur.

LES PALADINS CHANGE'S EN MONSTRES.

HEros tous couuerts de gloires
Qui desdaignans les dangers,
Allez chercher des victoires
En des pays estrangers.
Voyez qu'vne main sorciere,
Arrestant nostre carriere,
Fait de nous ce qu'elle veut,
Nous ne sommes plus des hommes,
Euitez ce qu'elle peut,
Et plaignez ce que nous sommes.

RECIT DE LA RENOMMEE.

De tant de messages diuers,
Dont ma trompete vagabonde,
Courant sur la terre & sur l'onde,
A rempli tout cet Uniuers;
Iamais des plus rares merueilles
N'ont si bien charmé les oreilles,
Et dedans les rauissemens
D'vne nouuelle si certaine,
Je ne puis tesmoigner qu'à peine
L'excez de mes contentemens.
Nostre grand Alcandre Gaulois,
Ce Mars dont les lauriers sans nombre
Tiennēt tant d'Heros sous leur ombre,
Et tant de peuples sous leurs Lois,
En des estrangeres contrees,
Va cueillir des palmes dorees,
Et d'vn ordinaire bon-heur,
Bastir vn monde de trophees
Sur les puissances estouffees,
Des ennemis de son honneur.
Le voicy ce grand Conquerant,
La tempeste est enseuelie,
Neptun deuant luy s'humilie,
Les Tritons le vont adorant,
Et dedans la reconnoissance
De sa merueilleuse puissance,
(Par la conduite d'vn Daufin)
Mettent cet Heros au riuage,

Et font gloire de rendre hommage,
Aux miracles de son destin.
Roy de ces peuples argentez,
Presage de bonne fortune,
Que ton assistance oportune,
Nous promet de felicitez;
Que tes soings nous sont necessaires,
Et que ces monstres aduersaires,
(Deffaillis d'adresse & de cœur
En ta glorieuse presence)
Vont peu faire de resistance,
A l'effort de nostre Vainqueur.
Il est vray, ie le vous predis,
C'est Apollon qui me l'inspire,
Et desia les chesnes d'Epire,
Ont publié ce que ie dis.
Alcandre le Dieu de la guerre,
Ayant dompté toute la terre,
Pour assoüuir ses apetis,
Il faut qu'vn Daufin luy façonne
Vne precieuse Couronne
Dessus l'empire de Thetis.

LES NAYADES EN AMBASSADE VERS THETIS.

POmpeuses filles de la Seine,
Qu'vn doux sommeil enseuelit
Dans les molesses d'vne areine,
Qui sert de plume à vostre lit;
Parez vous de graces nouvelles,

Et par des mouuemens dispos,
Portez les messages fidelles
De l'Autheur de vostre repos.

Flots dormans, ondes paresseuses,
Sablons en argent conuertis,
Poussez vos routes glorieuses
Vers les campagnes de Thetis.

Guidez nous, belles fugitiues,
Par vn effort precipité,
Le long des orgueilleuses riues
De cet Element indompté.

Pour dire à la troupe importuné,
Des vents, qui grondent sur la Mer,
Qu'vn Dieu plus puissant que Neptune,
Leur ordonne de se calmer.

Mais quoy? desia sa renommee,
Appaisant leurs seditions,
Fait voir que ceste onde calmee,
Reçoit le nid des Alcions.

Dans vn respectueux silence,
Les flotsdemeurent arrestez,
Et n'osent faire resistance
A qui les a desia domptez.

Allons donc, genereuse bande,
Voir ce bien qui nous va rauir,
C'est Alcandre qui les commande,
Fasons gloire de le seruir.

RECIT DE THETIS.

Cieux retenez vos tempestes,
Vents tenez vous enfermez,
Flots orgueilleux reprimez
L'insolence de vos testes,
Orages appaisez vous,
Vn Dieu plus puissant que nous;
Vous oblige de vous taire,
Son bras vous dompta iadis,
Redoutez ce qu'il peut faire,
Et faites ce que ie dis.

RECIT DE LA DEESSE DE LA FORCE, ACCOMPAGNANT le Grand Alcandre.

Qve te puis-ie inspirer, merueille de nostre âge,
Les Dieux vont preferant ta puissance à la leur,
Je ne suis pres de toy que pour te rendre hommage,
Et pour adorer ta valeur.
Souffre que ie te suiue, incomparable Alcandre,
Pour voir tout l'Vniuers à ta force sousmis,
Pour te voir triompher, & t'imitant apprendre,
De foudroyer mes ennemis.
Permets, rare Vainqueur, que te faisant escorte,
Ie gouste desormais la douceur de tes Lois,
Et que ie puisse offrir au Daufin qui te porte
Les seruices que ie luy dois.

RECIT D'ALCANDRE
PORTÉ PAR VN DAVFIN.

ALlez mon bras victorieux,
Où ma fortune vous appelle,
Auec des efforts glorieux,
Cueillir vne palme nouuelle:
Allez mes exploicts rauissans,
Malgré tant de charmes puißans,
Mettre nos ennemis en poudre.
Objet des plus braues guerriers?
Sçauriez vous redouter la foudre,
Me voyant si plein de lauriers?
Il semble aux genereux explois
Qui tiennent ma dextre occupee,
Que l'on ne doit prendre des Lois,
Que du trenchant de mon espee;
Et que touché du mesme amour,
Qui fait, que pour nous l'œil du iour
Estale ses rais adorables,
Je dois les miracles diuers
De mes labeurs incomparables,
Au repos de tout l'Vniuers.
Les Dieux offrans à ma valeur
Les plus difficiles conquestes,
M'ont veu jetter de la paleur
Sur les plus orgueilleuses testes;
Encor veulent ils que ce fer,
Aille de nouueau triompher,
Ou pour cueillir les sacrifices

De mes ennemis abbatus,
Ou pour donner des exercices
Aux ouurages de mes vertus.

L'Occean, effroy des mortels,
A tous, fors qu'à moy redoutable,
Autresfois dreßa des Autels
A ma puißance esmerueillable.
Auiourd'huy ce souple Element
Me destine vn autre ornement,
Sous moy les Tulipes escloses,
Vont naistre du fonds de ses eaux,
Et les Zephirs souffler des roses
Sur la poupe de mes vaißeaux.

Comme dans vn miroir flottant,
Ie vais voir mille Nereides,
Qui sur le cristal inconstant
De leurs promenades liquides,
Auec leurs brillans aislerons,
Soulageront les auirons
De ces belles Nefs preparees,
Que Thetis m'a desia promis,
Pour les conquestes asseurees,
Du reste de mes ennemis.

Mais quoy? sçauroit elle choisir
Vne Nef assez diligente,
Et qui ne fust à mon desir,
Et trop paresseuse & trop lente?
Il faut à l'ayde d'vn Daufin
Aller mettre vne honteuse fin,
A la licence trop extreme
De tout ce Magique apareil,
Et faire dire que Mars mesme,
N'entreprendroit rien de pareil.

LE DIEV DE LA CHASSE AV GRAND ALCANDRE.

LOing de vous, grand Heros, Conquerant indompté,
Voyant ma puissance destruite,
Tout Dieu, comme ie suis, ie tire vanité,
De me mettre de vostre suite,
Et dans la presse des mortels,
Vous dresser, comme ils font, chasque iour des Autels.

LE DIEV DE LA PESCHE.

VOus sçachant icy couronné
Des rais d'vne nouuelle gloire,
I'ay le sejour abandonné,
Des bords de la Seine & de Loire,
Pour vous offrir auecque des encens
Mes plaisirs aussi doux, comme ils sont innocens.

LE DIEV DV IEV.

APres le jeu que Mars à ta valeur inspire,
Où tu restes tousiours le glorieux Vainqueur,
Il est temps, qu'arrestant les boüillons de ton cœur,
Ie t'offre les douceurs qui sont dans mon Empire:
Mais que sçaurois ie offrir, digne de ta Grandeur,
La terre en sa vaste rondeur,
Paroist à mon gré trop petite,
Pour satisfaire à ton merite.

LE

LE DIEV DE LA MVSIQVE.

EN vain par des sons diuers
J'ay voulu rauir Alcandre,
Au plus fort de mes concers,
Sa valeur m'a fait entendre,
Que tant que Mars en courroux,
Excitera dessus nous
Ceste tempeste publique,
Il ne se plairra sinon,
Qu'à la tonante musique,
Des mousquets & du canon.

LA GVENVCHE
AVX DAMES.

IL n'est que trop vray, ie suis laide,
Mais parmy ces difformitez,
Tant de graces que ie possede,
Preualent dessus vos beautez;
Vos humeurs tousiours inesgales,
(Par des necessitez fatales)
Tiennent vos Amans plus cheris,
En des eternelles allarmes;
Mes laideurs n'excitent que ris,
Et iamais vos beautez n'excitent que des larmes.

RECIT DES NAINS.

DAns nos corps petits & laids,
Un grand courage s'enserre,

Nous sommes Nains aux Ballets,
Et des Geans à la guerre.

RECIT
DES HERMAPHRODITES

Taisez vous, rieurs Democrites,
Lucine en nous donnant le iour,
Nous a fait naistre Hermaphrodites
Sous l'Astre de Mars & d'Amour,
L'vn fait nos regards adorables,
L'autre nos dextres redoutables,
Si que desormais les humains,
Ne sçauroient faire resistance,
A la Diuine violance,
Et des traits de nos yeux & des coups de nos mains.

RECIT
DES PALADINS FRANCOIS
DELIVREZ PAR LE GRAND ALCANDRE.

QVe nostre mal fust heureux,
Et que le sort de nos armes,
Qui pareust si rigoureux,
Treuue d'agreables charmes
Que nostre captiuité
Nous rend de felicité:
Dressez, peuples de la terre,
Les Autels que vous deuez
A ce Demon de la guerre,
Par qui nous sommes sauuez.

C'est vn Alcide vainqueur,
Dont la genereuse audace,
A souuent glacé le cœur,
Du Dieu mesme de la Thrace.
Ce bras qui sçait tout dompter,
Et qui peut executer
Tout ce qu'il daigne entreprendre:
C'est la terreur des peruers,
Pour tout dire c'est Alcandre,
L'Arbitre de l'Uniuers.

Alcandre honneur immortel
Des Nayades de la Seine,
Dans le genereux martel,
De cet amour qui l'entraine,
Destruisant nostre prison,
Vient de mettre à la raison
Ceste impudique Sorciere,
Qui de ses charmes cruels
Croyoit faire la matiere,
De nos maux perpetuels.

Des que son Royal Daufin
A paru dessus nos riues,
Nos desplaisirs ont prins fin,
Et nos libertez captiues
Ont aussi-tost espreuué,
Qu'il nous estoit reserué,
Par la main des destinees,
Pour venir riche d'honneur,
Sur nos craintes terminees,
Esleuer nostre bon-heur.

Qui n'a veu le bras fatal
Du demy Dieu qui le guide,

Parmy l'empierré cryſtal,
De cet Element humide;
Sur ce Daufin glorieux,
Eſcarter victorieux
Les plus horribles tempeſtes,
Et fauory des deſtins,
Faire eſclater ſes conqueſtes
Dans l'Empire des Lutins.

Aſſeuré de ſon pouuoir,
Seul il aborde ceſte Iſle,
Et ſa valeur nous fait voir,
Qu'il vaut autant que dix mille,
Sous les bruits de ſes effors,
Flore reuient en ces bors,
Tous les arbres reffleuriſſent,
Les Cieux paroiſſent ouuers,
Et les Aſtres adouciſſent
L'inſolence des Hyuers.

Cent petits Amours doüillets,
Suiuent à l'enuy ſes traces,
Et font naiſtre des œillets,
Où furent iadis des glaces;
Les vents chomment enfermez,
Mille chantres emplumez,
Font des muſiques de ioye,
Voyant nos charmes deffaits,
Et qu'ils ne ſont plus la proye
De leurs Magiques effaits.

Triomphateur reueré,
Voſtre gloire ſans ſeconde,
Va ſous ſon throſne adoré
Aſſujetir tout le monde.

Le

Le Ciel couuert de paleur,
Redoutant vostre valeur,
Vous consigne son tonerre,
Pour vous l'air se va calmer,
Vous allez vaincre sur la terre,
Vostre Daufin sur la Mer.
Mais d'où vient que nos explois,
Auec si peu de deffence,
S'assujetirent aux Lois
D'vne si lasche puissance,
Que si tost nostre vertu,
Sous vn courage abatu,
Vit sa force dissipee!
(Heros) le Ciel le voulut,
Pour tirer de vostre espee,
L'effet de nostre salut.
Puissiez vous, grand Conquerant,
Voir sous vn Astre prospere
Vostre gloire aller courant
De l'vn à l'autre Hemisphere.
Puissiez vous (ayant sousmis
L'orgueil de vos ennemis)
Voir dissiper en fumee
Tous leurs factieux complos,
Et lasser la Renommee
Du recit de vostre los.

DE NOVGVIER.

Lecteur ie t'aduertis que dans peu de temps la disposition de ce Ballet sera mise au iour, auec les changemens des Scenes, Machines, Figures & description des Habits, où tu pourras entierement satisfaire ta curiosité.

www.ingramcontent.com/pod-product-compliance
Ingram Content Group UK Ltd.
Pitfield, Milton Keynes, MK11 3LW, UK
UKHW021032260726
13994UKWH00005B/2092